Vous souhaitez nous faire part de vos appréciations, de vos suggestions, de vos critiques, de vos projets ?

Vous souhaitez connaître l'ensemble de nos activités ?

Vous souhaitez commander ou offrir ce livre ?

Vous souhaitez nous contacter ?

BUSINESS TRAINING
7, rue de l'Indre
44 000 Nantes

Tel 02.40.89.91.91
Fax 02.51.82.36.56

www.businesstraining.fr

LA REVELATION
H$_2$O

Comment des adolescents boutonneux deviennent-ils des maîtres du monde ?

Réédition

Toute représentation ou reproduction, intégrale ou partielle, faite sans le consentement des auteurs, ou de leurs ayants droits ou ayants cause, est illicite
(Loi du 11 mars 1957, alinéa 1er de l'article 40).

Cette représentation ou reproduction, par quelque procédé que ce soit, constituerait une contrefaçon sanctionnée par es articles 425 et suivants du Code Pénal. La loi du 11 mars 1957 n'autorise, aux termes des alinéas 2 et 3 de l'article 41, que les copies ou reproductions strictement réservées à l'usage privé du copiste et non destinées à une utilisation collective d'une part et d'autre part que les analyses et les courtes citations dans un but d'exemple et d'illustration.

Avertissement

Toute relation ou simplement ressemblance, de près ou de loin, avec une personne ou structure existante ou ayant existée, serait purement fortuite et le fruit du hasard.

LA REVELATION
H$_2$O

Comment des adolescents boutonneux deviennent-ils
des maîtres du monde ?

Réédition

BUSINESS TRAINING
7, rue de l'Indre - 44 000 Nantes
Tel 02.40.89.91.91
Fax 02.51.82.36.56
www.businesstraining.fr

A toutes celles et tous ceux qui trouvent que le monde est complexe et plein de dangers.

A toutes celles et tous ceux qui trouvent dans ce monde les opportunités et le courage pour devenir des maîtres du monde.

REMERCIEMENTS

Je remercie mes stagiaires, mes clients, mes fournisseurs ainsi que mes partenaires consultants qui, par leurs pratiques et leurs attitudes, m'ont fourni la matière de ce livre.

Je remercie mon père pour les détails précieux et l'esprit critique qu'il a su apporter dans la finalisation de cet ouvrage.

Je remercie Brigitte, mon épouse, ainsi que mes enfants Arnaud et Thibaud pour la distance et l'humour dont ils ont su faire preuve lors de l'élaboration de ce livre.

L'invitation

Le rendez-vous

Le contact

Les fondamentaux

«LA REVELATION»

Dans un monde liquide

Les maîtres du monde

La sortie

Epilogue

L'invitation

Ainsi, l'heure était venue.
Il avait reçu l'invitation au courrier ce matin, comme convenu le jour de ses dix ans.
Il aurait vingt ans pile le jour du rendez-vous et c'est ce jour là, comme pour tous les membres de sa famille, que se passerait «LA REVELATION».
C'était la tradition dans sa famille : Le jour de leurs vingt, chacun et chacune avait «LA REVELATION».

Il faisait partie d'une très ancienne famille dont les racines remontaient à la nuit des temps et, dans les histoires qu'on lui racontait lorsqu'il était petit, ils étaient les descendants d'un roi qui tenait son pouvoir et son trône des dieux en personne.

Ces histoires l'avaient fait rêvé toute son enfance et il ne comptait plus le nombre de fois où il s'était imaginé en super héros, doté de superpouvoirs, adoré de toutes et de tous.

Maintenant qu'il était plus âgé, il avait mûri et il savait bien que les super héros n'existaient pas vraiment. Mais au fond de lui, il n'avait pas complètement renoncé à ses rêves d'enfant.

Surtout qu'il y avait prochainement « LA REVELATION».

Le moment tant attendu était enfin arrivé.

Depuis l'anniversaire de ses dix ans où on lui avait dit qu'il saurait tout le jour de ses vingt ans, il avait vécu dans le doute le plus complet.

Il allait enfin connaître le secret qui permettait à sa famille - à tous les membres de sa famille et cela depuis toujours - de réussir dans tout ce qu'ils entreprenaient.
Quand il y pensait, cela lui donnait le tournis. Comment était-il possible que tous réussissaient dans la vie et mieux, réussissaient leurs vies ?
Et cela sans exception.
Les hommes et les femmes de sa famille, toutes générations confondues, avaient réussi le challenge ultime de devenir, chacun dans son domaine, un maître du monde. Qu'il s'agisse du monde des affaires, du domaine technique ou financier mais aussi du monde des arts et des lettres ou celui du sport, s'il y avait un membre de sa famille, il y avait réussi mieux que les autres.
Et cela grâce à « LA REVELATION».
Tout devenait plus facile avec « LA REVELATION». Il avait constaté lui-même, depuis qu'il était enfant, comment la trajectoire d'un membre s'était brusquement modifiée suite à «LA REVELATION». Celui qui l'avait eue n'était plus jamais le même.

Son comportement changeait et les choix ou les options qu'il prenait s'avéraient judicieux. Ses relations avec son entourage s'amélioraient aussi comme par enchantement. Et même sa réussite ne perturbait jamais les liens qu'il savait tisser avec les autres, qu'il s'agisse de la famille, des amis mais aussi de ses partenaires en affaires.

«LA REVELATION» lui permettait d'accéder à une forme de bonheur simple qui n'était pas envié mais qu'au contraire chacun avait envie de consolider. Il devenait comme un phare rassurant pour tous, une lumière qu'il faut préserver. Jamais il n'éblouissait les autres - ce qui aurait eu pour effet de les faire fuir - mais au contraire il les éclairait. Et le fait de les mettre dans la lumière, les valorisait et leur réchauffait le cœur et le corps. Telle était l'effet de «LA REVELATION».

Jusque là, il avait été un adolescent comme les autres et sa vie s'était écoulée telle une rivière dans un pré, tantôt paisible et rectiligne, tantôt sinueuse et plus agitée. Mais toujours il avait avancé.

Par la réussite des membres de sa famille, il avait eu forcément plus de facilité pour faire un certain nombre de choses. Mais il se rendait aussi bien compte que ses parents, ses oncles et ses tantes et tous les adultes de la famille, faisaient en sorte qu'il passe une enfance normale avec ses joies et ses peines, ses découvertes et ses interrogations. Ainsi n'avait-il pas eu tous les accessoires qui rendent la vie des enfants infiniment plus facile. Il avait dû batailler pour avoir son vélo. Il devait aller aux entraînements lorsqu'il s'inscrivait à un sport. Et si ce sport était en extérieur, il devait y aller quelles que soient les conditions météorologiques. Ainsi avait-il acquis une notion de ce qu'était le respect de la parole donnée, du travail et de l'effort, valeurs normales dans sa famille. Quand il demandait aux adultes à quoi cela servait-il puisque la famille bénéficiait de «LA REVELATION», tous lui répondaient que «LA REVELATION» ne donnait sa pleine mesure qu'avec les personnes qui répondaient à un certain nombre de valeurs.

Ainsi, au fil du temps, s'était-il forgé quelques certitudes sur les relations humaines, sur la notion de bien et de mal, sur ce qu'il faut faire et ce qu'il faut éviter, mais aussi sur la relativité des certitudes. Il avait compris depuis longtemps que les fêtes religieuses, avec leurs symboles, étaient aussi des leçons de vie. Ses parents lui avaient expliqué qu'une fête comme Noël par exemple était très similaire avec le fonctionnement d'une entreprise.

Devant son étonnement et son air dubitatif, ils lui avaient expliqué que Noël, même si on ne croit plus à l'existence du père Noël, on le fête. A Noël, on donne et on reçoit. Et dans l'entreprise, c'est la même chose. On donne et on reçoit et on ne reçoit, ni plus ni moins que ce qu'on donne. Et ce n'est pas la peine d'y croire pour que ça marche. Il suffit de le faire. Et cela était valable dans les relations humaines aussi. Il avait ainsi compris, au fil des années, quelques notions de communication qui lui avaient permis de vivre pleinement sa vie d'enfant et d'adolescent.

Et maintenant arrivait le moment de «LA REVELATION».
De quoi s'agissait-il réellement ?
Comment cela se passait-il ?
Serait-il seul ou y aurait-il beaucoup de monde ?
Cela ferait-il mal ou y prendrait-il du plaisir ?
S'agissait-il d'un objet, d'un document ou d'une information ?
Quelle était la portée de ce secret et pourquoi ce mystère ? Pourquoi attendre d'avoir vingt ans pour savoir ?
Il en était là de ses pensées quand le sommeil le gagna.

Le rendez-vous

Vingt ans. Il avait vingt ans et c'était aujourd'hui son anniversaire.
Vingt ans jour pour jour que sa mère avait fourni le travail nécessaire pour qu'il naisse.
Il y avait souvent pensé quand il méditait, seul dans sa chambre. Il était amusant de penser que l'homme, dès le départ, était le fruit du plaisir et du travail.
Mais là, il avait d'autres idées en tête.
Il tenait son invitation à la main et il était à l'adresse indiquée.
Il avait lu et relu l'invitation mais il n'y avait rien qui puisse le mettre sur la piste de «LA REVELATION». Il était juste indiqué son prénom et son nom, la date de l'invitation, l'heure à laquelle il devait se présenter et le lieu où il devait se rendre.
Quand il se présenta devant la porte de la maison – une maison comme la ville en comptait des milliers – la porte s'ouvrit sans

qu'il eût besoin d'actionner une quelconque sonnette ou poignée.
Il s'avança et la porte se referma derrière lui.
Un instant, la tentation de fuir l'effleura, mais la curiosité était trop forte.
Il avait trop attendu ce moment. Il avait trop espéré cet instant.
Et en plus il sentait qu'il ne craignait rien puisque tous les membres de la famille avaient eu «LA REVELATION» et personne n'avait été agressé de quelque façon que ce soit.
Il était dans un vestibule comme il en existait chez la plupart de ses amis. En fait il pouvait être chez n'importe lequel de ses amis.
Alors qu'il regardait autour de lui, il entendit une voix qui l'appelait.

- Entre ! Approche toi ! Je suis ici dans la pièce du fond !

La voix était ferme et bien assurée. Il s'agissait d'une voix d'homme mais il ne la reconnut pas.
Il s'avança vers la pièce du fond et y entra.
Alors, il le vit.

Le contact

- Je t'attendais. Tu es venu et en plus tu es à l'heure.
Je vois que tu respectes le temps des autres et le tien. C'est bien !
Je suppose que tu étais impatient de connaître «LA REVELATION».
Est-ce que je me trompe ?

Il regardait cet homme qui lui parlait. Il s'était imaginé tous les scénarii possibles. Du moine tibétain assis sur une carpette au sage hindou en position du lotus.
Il s'était imaginé que le dépositaire de «LA REVELATION», du secret qui faisait le succès de sa famille, était forcément quelqu'un hors du commun. Il ne pouvait qu'être une figure incroyable, entre Bouddha et Gandhi, entre l'empereur de STAR WARS

et le grand maître dans les films d'INDIANA JONES.

Au lieu de cela, il avait devant lui un homme en costume, assis à son bureau, qui lui parlait en souriant.
Un homme comme il en existait des milliers, comme il en avait vu des centaines depuis qu'il était né.

Il pouvait être homme d'affaires ou professeur, ou bien pasteur ou coach d'une équipe de basket.
C'était un homme en costume, juste un homme en costume. Un homme qui avait mis un costume comme on le fait lorsqu'on va à un mariage. Un homme qui avait mis un costume pour marquer le coup.

- Je sens que tu es surpris, voire même un peu déçu par ce que tu vois.
Tu t'attendais à quelque chose d'extraordinaire.
Ah ! Ce cerveau ! Quelle capacité il a, pour nous faire rêver.
Installe-toi dans le fauteuil. Je vais chercher quelques boissons et nous allons discuter.

L'homme voulait discuter !
Il voulait dis-cu-ter ?
Lui, il était venu pour «LA REVELATION», celle qui allait changer sa vie et l'autre là, « celui qui ne ressemblait à rien », il voulait discuter en buvant un verre.
Il en était là de ses pensées quand l'homme revint avec les boissons.

Il s'assit dans le deuxième fauteuil, servit les verres et le regarda intensément dans les yeux.

- Bien ! Nous allons pouvoir commencer.
Ne fais pas cette tête là, je sais que tu es venu pour «LA REVELATION».
Tu ne seras pas déçu. Personne n'est jamais déçu.
D'abord il faut que tu saches que «LA REVELATION» n'est pas un objet mais un savoir et qu'elle ne changera ta vie que si tu le souhaites.
En clair, si tu es capable de comprendre et si tu as la volonté de passer du savoir, que je vais te donner, aux actions qui vont te changer.
Le savoir n'est rien sans l'action. Sans l'action, le savoir reste un jeu de l'esprit – certes amusant - mais il ne permet pas de devenir un maître du monde. Car l'enjeu de «LA REVELATION» est là. Toi, l'adolescent à peine sorti de la puberté, sauras-tu utiliser les enseignements de «LA REVELATION» pour devenir un maître du monde. Sauras-tu, comme tes parents et leurs parents avant

eux, prendre les bonnes décisions pour te permettre de trouver le bonheur et réussir ta vie ?
Toi seul peux répondre à cette question et tes actes à venir seront ta réponse à cette question.
Si tu penses que tout cela sera trop lourd à porter et si tu souhaites que ta vie soit livrée au hasard, avec ce qu'il a de bon et de moins bon, tu le peux.
Tu peux encore renoncer à «LA REVELATION» si tu le souhaites. Il te suffit de te lever et de partir. Mais il faut te décider maintenant et il n'y aura pas de deuxième occasion car «LA REVELATION» c'est à l'heure de l'anniversaire de tes vingt ans uniquement.
Il faut prendre ta décision maintenant !
Tu restes ou tu pars ?

Le ton de l'homme était ferme mais non agressif. Il sentait que cet homme voulait vraiment lui parler mais qu'il respecterait sa décision s'il renonçait. Il n'eut pas besoin de réfléchir car Il attendait ce moment depuis si longtemps. Et après tout, peu importe que cet homme soit très quelconque en comparaison de ce qu'il avait imaginé. Il était là pour «LA REVELATION» et c'était tout ce qui importait.

- *Je reste !*

Les fondamentaux

Manifestement content du choix qu'il avait fait, l'homme reprit la parole, sans le quitter du regard.

- Pour que tu comprennes bien «LA REVELATION» il me semble nécessaire que tu sois au point sur quelques notions importantes et notamment le principe de dualité.
Cela te dit quelque chose ?

- Non pas spécialement.

- Alors je vais t'éclairer rapidement.
L'être humain est un être qui marche sur ses deux jambes et il semble que le principe de dualité conditionne sa vie. Ce principe de dualité, on le retrouve chez les chinois avec le Yin et le Yang. On le retrouve également

*avec l'animus et l'anima ou plus simplement avec les dimensions masculine et féminine que chacun d'entre nous possèderait en lui.
Et depuis quelques années les études et travaux sur le cerveau nous indiquent également qu'il existe cette dualité sur les modes de pensée et d'action.
Tu le savais ?*

- J'ai lu quelques articles là-dessus, notamment des articles sur les gauchers et les droitiers qui avaient des perceptions du monde différentes.

*- En effet ! Comme je vois que tu as quelques notions, nous allons pouvoir aller à l'essentiel avant de passer à «LA REVELATION».
Le premier point clé à retenir, c'est que pour les êtres humains, les hémisphères cérébraux sont différenciés.
La deuxième notion, c'est que l'hémisphère droit contrôle la partie gauche de tout le corps et l'hémisphère gauche contrôle la partie droite. C'est pourquoi quelqu'un qui a une attaque cérébrale sur la partie gauche*

du cerveau est atteint d'une paralysie du côté droit du corps.
La troisième notion est que les hémisphères sont plutôt spécialisés en fonction des informations à traiter.
L'hémisphère gauche, par exemple, s'occupe prioritairement du traitement logique des informations. C'est lui qui calcule, qui raisonne, qui est sensible aux détails des situations. C'est aussi l'hémisphère qui permet aux humains de parler.

- Donc quelqu'un qui aurait une attaque cérébrale de l'hémisphère gauche aurait des difficultés à parler ?

- Absolument !

- Mais il y a mieux. L'hémisphère droit du cerveau est plus centré sur le ressenti, les sensations, voire l'émotionnel. Il est plus global, sensible aux images. On dit fréquemment que c'est cet hémisphère qui permet à l'être humain d'accéder à la dimension artistique. C'est lui qui nous permet également de rêver.

- Et cela est vrai pour tout le monde ?

*- Oui. Mais cela évolue au fil du temps ;
Quand un enfant est tout petit, il fonctionne essentiellement sur son hémisphère droit. Il a des difficultés de raisonnement et il ressent surtout les choses et les situations.
Il est dans la spontanéité. Cette dimension peut être recherchée par certains adultes. N'est-ce pas Picasso qui disait avoir consacré sa vie à essayer de peindre comme un enfant ?
Ensuite, au fur et à mesure que l'enfant s'éduque et grandit, l'hémisphère gauche est davantage sollicité. A l'école, par exemple, on lui demande de rester à sa place, de parler quand on l'interroge, d'écrire sur des lignes en faisant parfaitement des signes codifiés qu'on appelle des lettres...etc.
Même pour l'éducation musicale on lui apprend à noter et à lire la musique. En résumé, on le structure et le cerveau gauche en est l'artisan. Tout cela te semble-t-il bien clair ?*

- Oui ! Un hémisphère, le droit, qui pilote la dimension artistique et un hémisphère, le gauche, qui contrôle les éléments rationnels. Par analogie on pourrait dire que nous avons en nous l'artiste et son agent. Celui qui crée et celui qui compte. Celui qui dessine et celui qui écrit (les contrats).

- Excellent, c'est exactement ça.
Tu comprends vite. J'étais sûr que tu étais prêt pour «LA REVELATION».
Mais avant, j'ai besoin que tu intègres une autre dimension importante.
T'es tu déjà intéressé à l'eau ?

- A l'eau ? Comment ça ?

- As-tu déjà réfléchi aux analogies qui existent entre l'eau, dans la nature, et la communication dans son sens le plus large ?

- Pas du tout !

- Alors je vais te donner les notions de base et nous allons voir si tu es capable de les enrichir par ta propre réflexion.

Déjà, il est intéressant de constater qu'en tant qu'êtres vivants, nous, les humains, sommes constitués à plus de 80% d'eau.
Cela signifie qu'entre deux individus, même s'ils ne peuvent pas s'apprécier, il y a au moins 80% de matière en commun.
On envoie des sondes dans les étoiles et sur les planètes les plus reculées pour savoir s'il y a de la vie. Et pour cela, on sonde pour retrouver des traces d'eau. Car l'eau, ici et ailleurs, c'est la vie.

- D'accord admettons, mais quel lien avec la communication ?

- La vie ! Le lien c'est la vie. L'eau c'est la vie comme la communication c'est la vie.
Et pour te le prouver je vais te donner quelques exemples que tu emploies tous les jours sans le savoir.
D'abord l'adaptation. L'eau s'adapte au terrain, quel qu'il soit. L'être humain s'adapte également au « terrain » quand il communique. Quel que soit l'interlocuteur, le sujet et l'environnement, l'être humain sait s'adapter. Un enfant n'a pas les mêmes

attitudes ni le même niveau de langage selon qu'il est avec ses parents ou ses amis. Tu ne communiques pas de la même façon avec un enfant de deux ans et avec un adulte de quarante. De la même façon, tu n'emploies pas les mêmes exemples selon le niveau d'expérience des personnes avec qui tu communiques. Tu t'adaptes comme je le fais moi-même.
Quand l'environnement change, nous changeons nos comportements.
Ensuite la modification de l'environnement.
L'être humain, comme l'eau, a cette capacité, par sa présence ou son absence, de changer son environnement. Prenons un terrain et une absence d'eau ; C'est un désert.
Mettons-y de l'eau et une oasis va surgir. Des plantes vont pousser, des animaux vont vivre, des humains construiront une ville.
En communication, il en va de même. Si on est absent, il ne se passe rien et c'est le désert. Mais s'il commence à y avoir échange avec le milieu, il y aura création de richesse. Des produits et des services vont peut-être surgir, des émotions sûrement.

L'eau, ainsi que la communication, sont créatrices de vie. L'être humain n'est pas simplement communicant. Par sa nature liquide, il <u>est</u> communication.

- Si je suis votre raisonnement, l'eau peut être aussi destructrice de vie. Les raz de marée, les inondations, les tsunamis en sont de nombreux exemples.

- En effet et là tu apportes de l'eau à mon moulin, si j'ose dire. En communication, comme pour l'eau dans la nature, tout est une question de dimensionnement. Pas d'eau et c'est la mort, trop d'eau, et c'est aussi la mort. Pour la communication c'est la même chose. Une bonne attitude ou un bon mot, au bon moment et c'est le bonheur. Une mauvaise attitude ou un mot déplacé et c'est la déprime. Ça marche parfaitement.
Mais il y a encore plus troublant.
Face à un obstacle que fais-tu ?

- J'essaie de le franchir et si je ne peux pas je cherche un autre passage plus favorable.

*- Et bien c'est un comportement de rivière. Si elle a assez d'eau elle franchit les obstacles et si elle n'y arrive pas elle cherche à passer ailleurs.
S'il le faut, elle peut stopper un instant ; le temps qu'il y ait un volume d'eau suffisant pour franchir l'obstacle.*

- Vous voulez dire qu'avec plus de volume on franchit mieux les obstacles qui nous arrêtent ?

*- Bien sûr et tous les jours, par nos façons d'agir, nous le prouvons.
Lors d'un débat, pour nous affranchir d'un différent avec l'un de nos amis, nous augmentons souvent le volume. Le volume sonore en parlant plus fort. Le volume physique en nous levant. Le volume de notre point de vue en empilant les exemples et les arguments. Le volume encore en cherchant dans l'assistance quelqu'un qui pense comme nous et qui nous aidera à compléter notre argumentation…*

- En fait, nous faisons ce que vous venez de faire avec moi à l'instant. C'est bien ça ?

- Absolument. Je constate avec bonheur que tu saisis vite et bien ce que je veux te faire comprendre.
Pourrais-tu toi aussi développer cette analogie entre eau et communication ?

- Je veux bien essayer. Voyons voir…
Il existe des lacs et il existe des fleuves.
Ce sont deux modes de fonctionnement différents.

- Et en quoi ?

- Le lac c'est de l'eau mais il n'est pas en mouvement. Il apporte la vie mais il faut aller à lui. A son contact, la terre ne se creuse pas et s'il n'est pas alimenté, il disparaît. S'il est pollué, il lui faut des années pour « guérir » et éliminer les souillures.
Il lui est impossible de générer de l'énergie car il n'y a pas de courant.
C'est comme si c'était un potentiel inexploité.
Le fleuve, lui, est toujours en mouvement. A chaque moment l'eau est la même et elle est une autre. Elle façonne le terrain comme

lui-même la guide. Elle est toujours en mouvement et c'est parce que toutes les gouttes vont dans le même sens que le fleuve a cette force.

- C'est très bien. C'est un bon exemple de communication positive. Plus tard, quand tu travailleras en entreprise (ou ailleurs), garde bien en mémoire ce que tu viens de me dire. Une masse d'eau en mouvement, où toutes ses composantes vont dans le même sens, constitue une force considérable. Alors que la même masse à l'arrêt, tel le lac, finira sclérosée. En plus un lac, on en a vite fait le tour. Un fleuve, c'est beaucoup plus compliqué.

- On pourrait aussi prendre l'exemple de la dilution et de la destruction.

- Et comment cela marcherait-il ?

- Eh bien l'eau peut détruire un obstacle de manière brutale et sur un temps court ou au contraire le dissoudre sur un temps plus long.

- Et quel est lien avec la communication ?

*- C'est très simple. Pour détruire, il suffit de concentrer la communication sur l'endroit qui peut céder. C'est exactement ce que fait un enfant qui réclame un jouet lorsque sa mère fait ses courses. En demandant sans cesse, toujours la même chose, comme un disque rayé, il finit par obtenir ce qu'il souhaite.
Pour l'eau, il suffit de concentrer un peu le jet pour que la pression augmente. J'ai lu quelque part que certains acheteurs de centrales d'achat adoptaient cette démarche pour mettre la pression sur les vendeurs.*

- Et pour diluer ?

- Là on fait l'inverse. On met l'information au contact et on attend que cela agisse. Cela peut prendre une heure, une semaine ou un mois, mais ça finit par agir. Je me souviens, il y a des années de cela, qu'un ami de mes parents nous avait demandé si nous voulions un petit chien. Devant notre refus poli, il nous avait proposé de le prendre un week-end pour voir si cela nous plairait. Nous les avons encore. Le chien et l'ami.

- *Tu comprends vite. Tu es digne de recevoir «LA REVELATION».*
Nous finissons avec l'eau et tu auras ce que tu es venu chercher.
Connais-tu les 3 états de l'eau.

- *La glace, le liquide et la vapeur.*

- *Exactement. La glace c'est l'eau quand elle est solide. C'est le froid et cela n'est pas vraiment favorable au développement des plantes.*
La vapeur, c'est l'eau qui prend de la hauteur sous le coup de la chaleur. C'est le brouillard mais ce sont aussi les cumulo nimbus. Cela n'aide pas vraiment non plus les plantes à pousser. Seule l'eau liquide permet aux êtres vivants de se développer.
La glace tasse le terrain, la vapeur le survole. Seul le liquide échange réellement avec le terrain.
Vois-tu quelle leçon comportementale nous pourrions en tirer ?

- *La leçon immédiate que je vois, c'est que si nous sommes comme la glace et la vapeur, nous n'échangeons pas vraiment.*

Seul un contact véritable et non agressif avec le terrain permet de le façonner en le respectant.

- Donc au niveau comportemental ?

- Si nous sommes froid, lisse et tranchant comme peut l'être la glace, nous créons une pression et une tension qui ne sont pas favorables à la communication.
A l'opposé, prendre trop de hauteur ou au contraire « enfumer l'autre », comme le fait le brouillard, permet de s'affranchir du terrain et de le survoler mais cela ne l'impacte pas vraiment car il n'y a pas d'échange « de contact ». Il n'y a pas de pression, mais il n'y a pas non plus d'apport. La terre n'enrichit pas les nuages et l'inverse est vrai également.
Pour la glace, dire : « C'est comme ça et pas autrement, ce n'est pas négociable » crée de la pression sur l'interlocuteur.
Pour la vapeur, dire : « Ce qui serait bien, c'est que tu puisses y réfléchir à l'occasion » n'engage pas vraiment l'interlocuteur.

- Et au niveau liquide ?

- Là c'est le véritable échange, celui qui est source de transformation véritable à moyen et long terme. Il se traduit par un questionnement et une écoute de qualité, comme l'eau du fleuve qui épouse les contours des rives. Chaque recoin est visité. Je pense que les psychologues, les psychiatres et en général ceux qui travaillent sur la psyché sont ceux qui fonctionnent de cette manière avec les patients qu'ils traitent.

- Et as-tu déjà vu un feu prendre sur un terrain humide ?

- Non bien sûr !

- Ça signifierait quoi en communication analogique ?

- Je pense que cela signifie que si la communication est présente, si le contact est permanent, le risque de conflit devient quasiment nul. Le feu prend sur les terrains secs, ceux qui manquent d'eau. De la même façon, le manque de communication assèche les personnes et les rend vulnérables.

D'ailleurs, si nous voulions continuer dans ce sens on pourrait dire aussi que le traitement de conflit peut trouver une réponse analogique avec l'eau.

- Ah oui, et comment ça ?

- Un conflit, c'est un incendie sur un terrain sec. Les flammes sont de plus en plus hautes et elles brûlent tout sur leur passage. Pour traiter le conflit, comme pour éteindre l'incendie, il peut être intéressant d'arroser un peu les flammes mais surtout, il est important de traiter le foyer.

- Donc en communication ?

- Quand quelqu'un est mécontent, on peut limiter son mécontentement en lui faisant un petit « cadeau », une petite compensation qui ralentira son mécontentement un moment. Mais si l'on veut vraiment arrêter le feu, il est important de s'attacher à traiter le problème à la base. Et ce n'est pas parce que cela semble complètement fini qu'il faut arrêter de communiquer, car un feu peut reprendre à partir d'une seule braise.

- Donc, il suffit de noyer avec une énorme masse d'eau et tout est résolu ?

*- Non, pas nécessairement. Car l'eau peut faire plus de dégâts que le feu lui-même.
Tout est une question de dimensionnement. Pas assez d'eau donc pas assez de communication et de présence et le feu continue, trop d'eau et tout s'arrête mais dans quel état.*

- C'est tout à fait bien compris ! Mais même sans aller aussi loin que le feu et les conflits, l'eau, donc la communication, doivent être parfaitement adaptée à leur support.

- Vous pouvez me donner un exemple ?

- Bien sûr ! Imagine une seconde que tu arroses de la même façon une plante comme le ficus et une plante comme le cactus. Que va-t-il se passer ?

- Les deux plantes peuvent mourir l'une par manque d'eau et l'autre par excès d'eau.

- Exactement ! Ce qui signifie que chaque plante, chaque organisme vivant et, forcément, chaque humain, a besoin d'un optimum d'échanges pour vivre. Et l'optimum n'est pas le maximum.

- Vous voulez dire que c'est la connaissance du support qui doit nous guider en communication ?
A chacun sa dose, en quelque sorte ?

- Tout à fait ! Et quand quelqu'un te dit d'arrêter parce que tu es « trop », c'est peu être en effet qu'il a sa dose.
Ce n'est pas communiquer qui est difficile.
C'est de doser.
Pourquoi souris –tu ?

- Vous avez dit « doser » et je pensais à OSER. Car cela aussi est difficile.

- Je vois que ta vivacité d'esprit est importante. Cela me montre que tu es prêt.
Est-ce que les quelques exemples analogiques que nous avons évoqués, entre l'eau dans la nature et la communication, te

semblent suffisamment convaincants pour imaginer que l'eau puisse être non seulement un modèle pour la communication mais <u>le</u> modèle pour la communication ?

- C'est vrai que c'est assez troublant. Mais pour l'instant, je ne vois pas vraiment le lien entre le cerveau et l'eau ?

- Et bien le lien, c'est «LA REVELATION» !

«LA REVELATION»

L'homme le regardait plus intensément.
Ainsi ça y était. Il allait enfin savoir. Il allait faire partie des élus, de ceux qui ont ce plus qui fait toute la différence. Ce plus qui permet de les classer dans les maîtres du monde tant ils ont réussi dans la vie.
Ce plus qui fait qu'ils ont réussi leur vie au-delà de leurs espérances les plus folles.

Il sentit l'excitation monter en lui. Mais il était également conscient que les échanges qu'il venait d'avoir avec cet homme l'avaient comme éclairé.
Il n'avait jamais réfléchi, avant, à cette analogie entre l'eau et la communication. D'ailleurs il n'avait jamais réfléchi en termes d'analogie. Il se rendait compte qu'il y avait une richesse incroyable à trouver des modèles transposables, des passerelles qui

relient les concepts et permettent de mieux comprendre les choses. Il se surprit à penser qu'un corps humain pouvait très bien servir de support à un cours sur la comptabilité, avec ses entrées, ses sorties, ses stocks et ses flux. Il percevait très nettement le lien qu'on pouvait faire entre une entreprise et un bateau, entre un groupe qui « travaille » et un autre qui « joue » en faisant du sport.

Cette nouvelle conscience le troublait. Il avait l'impression d'avoir grandi d'un seul coup. Des situations qui lui semblaient complexes auparavant lui apparaissaient plus simples sous l'angle de l'analogie. Il voyait nettement ce qu'il aurait pu faire pour résoudre des conflits où il s'était englué naguère. Il percevait la force de l'analogie et il comprenait mieux pourquoi elle était utilisée dans le monde entier, dans toutes les cultures et les religions. Il avait l'impression que même l'art allait mieux lui parler. Il se sentait vraiment prêt à communiquer. Et encore, il n'avait pas eu «LA REVELATION».

Il était dans un état trouble car il n'en pouvait plus d'attendre mais il voulait aussi savourer ce moment qu'il savait unique.

L'homme reprit la parole.

- Il est temps que je te donne ce que tu étais venu chercher.
Tu te souviens de ce que je t'ai dit sur le cerveau et sur le fonctionnement des hémisphères droit et gauche ?

- Parfaitement. C'était très clair.

- Tu as bien compris l'analogie entre l'eau et la communication, n'est ce pas ?

- Absolument, là aussi tout était parfaitement cohérent.

- Alors je vais faire le lien entre les deux et ton esprit s'éclairera encore plus.
Quand j'ai parlé de l'hémisphère gauche du cerveau, j'ai évoqué la raison, la logique, le calcul, l'analyse. Quand j'ai évoqué l'hémisphère droit, j'ai parlé d'émotion, de créativité, de rêve et de ressenti.

Et bien, il est possible de symboliser ces deux hémisphères et surtout les activités qui s'y rattachent avec l'analogie sur l'eau.
Vois-tu le lien ?

- Non pas vraiment !

- Et pourtant, c'est simple.
La formule chimique de l'eau c'est H_2O. Deux atomes d'hydrogène pour un atome d'oxygène. C'est l'une des molécules les plus simples de l'univers et pourtant c'est celle qui permet la vie.
Maintenant, je voudrais que tu t'attaches à la forme des lettres. Le H d'un côté et le O de l'autre.
Ne vois-tu pas un lien entre les hémisphères cérébraux - et leurs activités spécifiques - et la forme de chacune des lettres ?

Il réfléchissait intensément. Qu'est-ce que l'homme cherchait à lui faire voir ? Où était ce lien qui reliait les hémisphères et la formule chimique de l'eau ? Et surtout qu'est-ce que cela allait bien pouvoir lui apporter ?

Il en était là dans ses pensées quand tout à coup, le lien se fit dans son esprit. Et là, sur le moment, il eut l'impression d'avoir comme... une «REVELATION», «LA REVELATION».

Tout s'éclairait subitement, comme un voile de brouillard qui se déchire sous l'effet du soleil. Le lien lui apparaissait clairement, les connexions se faisaient et il voyait nettement toutes les potentialités qui s'offraient à lui. Il savait, il sentait que ce qu'il venait de comprendre allait changer sa vie. Il se sentait devenir un maître du monde.

- *Alors ? Faut-il que j'explique le lien ou l'as-tu identifié ?*

- *Je pense que je l'ai saisi mais j'aimerais bien que nous en parlions ensemble, si vous l'acceptez.*

- *Mais je suis là pour toi. Aujourd'hui c'est ton anniversaire. Alors, ce lien ?*

- *Je pense que le H symbolise le cerveau gauche et le O le cerveau droit.*

- Ah oui et pourquoi donc ?

- Vous m'avez dit tout à l'heure que c'était la forme des lettres qui jouait et en y regardant de plus près on se rend compte que le H, ce sont les droites et les angles et que le O ce sont les courbes.

- Et alors ?

- Il me semble que les droites sont plus à même de symboliser la rigueur, la précision et que les courbes symbolisent plus la rondeur, la globalité.

- Donc ?

- Que l'hémisphère gauche du cerveau – et en tout cas ses activités dédiées - peuvent être symbolisés par le H et que l'hémisphère droit et ses activités peuvent être symbolisés par le O.

- Exactement, tu as tout compris et maintenant nous allons développer tout cela pour que tu puisses encore mieux t'en servir dans ta vie à venir.

Déjà, il faut bien intégrer que dans notre mode de pensée, de type occidental, le H, c'est-à-dire les activités liées au domaine rationnel sont celles qui sont porteuses de certitudes. Le O est tellement aléatoire que chercher la réussite en l'exploitant logiquement est du domaine de rêve.
Quand on travaille bien à l'école et qu'on fait de bonnes études, on devient un « PRO ».
Quand on est rêveur et créatif, on devient, peut-être, un ARTISTE.
Et dans la bouche d'un PRO, le terme ARTISTE n'est pas vraiment valorisé.
Quand un enfant est petit, c'est son hémisphère droit, le O, qui domine sa vie. Il est tout en sensations, en ressentis. Et au fur et à mesure qu'on l'éduque, son hémisphère gauche devient prépondérant. L'enfant puis l'adolescent doit suivre de plus en plus de règles et rester dans le « droit » chemin. Ses activités seront valorisées s'il écrit bien droit, s'il ne dépasse pas les traits quand il écrit, s'il dessine quelque chose de connu et de reconnu lorsqu'il s'adonne aux activités créatrices.

Qu'il sorte un peu de la norme et l'inquiétude pointera chez les parents et les éducateurs.
Le H, avec son côté rassurant est prépondérant.

- Et le O ne l'est jamais ?

- Si, mais quand le H n'est pas trop loin.
Par exemple lorsqu'un artiste dure dans le temps grâce à son agent, qui gère les contrats.
Le problème du O, c'est qu'il est impalpable et beaucoup plus improbable que le H.
Quand un enfant dit qu'il veut devenir Maradona, ses parents vont lui répondre de passer son bac d'abord. C'est-à-dire d'assurer avec du H et s'il reste un peu de temps, faire du O.
Mais avant de passer aux exemples qui nous entourent, où la dualité H et O est omniprésente, je voudrais que nous évoquions la dimension comportementale H_2O.

- La dimension comportementale ?

- Eh oui ! Tu sais bien qu'en communication interpersonnelle, la dimension non verbale prime sur la dimension verbale.

- En effet, j'ai lu cela dans un des cours de communication que j'ai suivi.

- Alors tu vas comprendre tout de suite !
Si je veux apparaître comme quelqu'un de « PRO », un expert, quelqu'un qui sait donner la leçon, que vont être mon comportement, mes attitudes ?

- Vous allez apparaître comme quelqu'un de sérieux, en qui on peut avoir confiance. Quelqu'un de crédible.

- Je vais être en H ou en O ?

Il venait de comprendre d'un coup ce que l'homme voulait lui faire comprendre. Il avait suffi qu'il se remémore certaines situations et certaines personnes pour que tout s'éclaire dans son esprit.

- Vous allez être en H !

- Tu peux développer ?

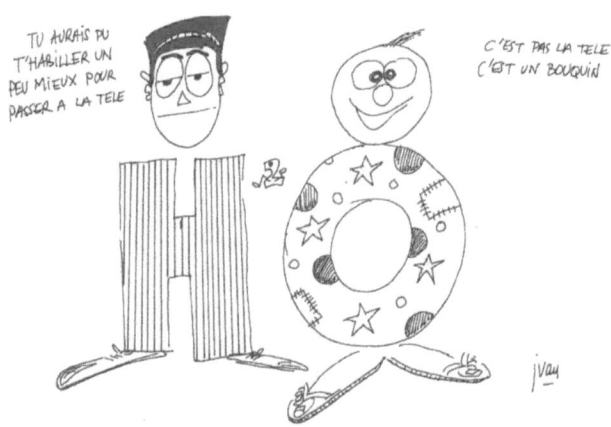

- Vous allez être bien droit, le regard plutôt perçant. Peut-être même que vous serez sur une estrade. Vous aurez un costume sombre ou une blouse blanche si c'est un cours de médecine. Votre port de tête sera haut et vous sourirez peu.

- Exactement, tu as parfaitement compris.

Tu pourrais me décrire la différence comportementale entre H et O ?

- Je vais essayer.
Si on prend un individu et qu'on le décrive du regard jusqu'à sa gestuelle, on pourrait dire que le regard, en attitude H sera fixe, sans ciller alors que pour l'attitude O, il sera dispersé, étonné voire connivent avec un clin d'œil complice.
Le visage sera fermé dans le cas H, avec les maxillaires serrés. Il aura un air soucieux avec la ride du lion (le roi des animaux) entre les sourcils. Pour avoir une attitude O, le visage sera ouvert et souriant et si la personne porte des lunettes, elle les enlèvera comme on enlève une barrière qui nous sépare des autres. Pour le port de tête, on suivra la même logique. Un port de tête haut, bien droit, avec le minimum de mouvement pour le H et une tête penchée sur le côté, où légèrement tournée pour montrer qu'il y a une véritable écoute dans le cas du O.

- Tu as parfaitement compris comment cela marchait. Quand on regarde le Christ sur sa croix, que peut-on dire ? Qu'il dégage du H ou qu'il dégage du O ?

- Evidemment du O !

- Pourquoi ?

- Parce qu'il a tous les signes du O au niveau de la tête mais surtout au niveau du corps.
Un corps ouvert, sans protection. Un corps abandonné, au repos. Les paumes ouvertes, les bras et les jambes fléchis. C'est un corps qui subit ou qui a subi.
S'il avait été en position H, il serait plutôt en position de jugement, les bras croisés ou le doigt pointé. Il serait raide comme le commandeur et les croyants ne diraient pas que dieu est amour et miséricorde.

- Que peut-on en tirer comme conclusions ?

- En y réfléchissant, je pense que la stature H est un signe de pouvoir. C'est celui qui juge, qui décide. C'est l'autorité, celle qui met la pression.

- Et si on ramène cela à l'eau, de quel état s'agit-il ?

- C'est la glace, évidemment.

- Et la vapeur ?

- C'est le O !

- Et l'eau liquide ?

- C'est H_2O !

- C'est-à-dire ?

- C'est la capacité à être les deux parties en même temps.
C'est la capacité à être la glace quand il faut mettre la pression - par exemple un parent qui a besoin d'avoir de l'autorité avec ses enfants - mais aussi O, quand il faut s'abandonner à l'amour et aux délices du coup de foudre. Et H_2O quand il faut créer une relation de confiance sur la durée, soit en couple, soit en entreprise.

- Exactement. C'est tout à fait cela. Mais as-tu bien compris que H_2O est un principe vital ? As-tu saisi que l'homme a besoin d'eau pour vivre physiquement et d'H_2O (en communication) pour vivre mentalement ? Quand on sait regarder, on constate vite que tout l'environnement des humains, toutes leurs créations peuvent être codifiées à l'aune de H_2O.

- Vous pouvez me donner des exemples ?

- Rien de plus facile !
Si tu veux que la communication soit limitée et qu'il y ait un lien de dépendance dominant, dominé, tu agis comme le chirurgien à l'hôpital. Tu ne regardes pas ou peu le patient allongé dans son lit. Tu es debout, il est allongé ou assis. Tu ne prends pas de nouvelles directement. Tu lis sa courbe de température. Tu as une blouse blanche et des lunettes. Tu parles à tes assistants et en partant, pendant que tu marches vers la sortie, c'est seulement là que tu demandes au patient s'il a quelque chose à rajouter. Tu es H++. Et le pauvre « patient » - qui sent qu'à sa moindre demande il irritera le chirurgien très occupé

et « impatient » - est lui, O++. Il est d'ailleurs amusant de se rendre compte que le panneau Hôpital est symbolisé par un H.

- Il n'y a donc pas de O à l'hôpital ?

- Bien sûr que si ! Ce sont les aides soignantes. Elles relèvent les oreillers qui ont glissé. Elles prennent le temps de parler et de prendre des nouvelles des patients. Elles font des compliments ou des petites réprimandes lorsque les malades ne mangent pas suffisamment. Ce sont elles qui recréent le cocon affectif auprès des malades. Et d'ailleurs quelle est la forme du cocon ?

- C'est comme un œuf, c'est rond ?

- Exactement et c'est ça qu'il faut comprendre.
Chaque fois que tu voudras partager du O avec ton entourage, générer et faire passer des émotions, il te faudra entrer dans cette dimension de rondeur.

Au niveau des attitudes mais aussi au niveau du langage, voire plus.

- Au niveau du langage ? Mais comment cela ?

- C'est simple ! Si je te dis que j'en parle à mon directeur administratif ou à mon responsable technique, tu sais que je vais en parler à l'autorité.
Si je te dis que j'en parle à André, tu n'as pas le même sentiment. Et pourtant, peut-être qu'André est le responsable technique.

- Vous voulez dire que le fait d'utiliser un titre renforce le côté H et met plus de pression ?

- Exactement ! Et le fait d'utiliser Monsieur au lieu du prénom relève de la même logique.

- Mais dans ce cas, on pourrait codifier de nombreuses expressions ! On pourrait dire que les questions fermées et les questions alternatives seraient plutôt H et les questions ouvertes, elles, seraient plutôt O.

- *Et que dirais-tu des expressions suivantes ?*
  - *Pour être complet,*
  - *Pour aller à l'essentiel,*
  - *Pour travailler vite et bien*
  - *Pour être tout à fait clair.*

- *C'est H !*

- *Et si je te dis :*
  - *Il faudrait qu'on en parle,*
  - *Ce qui serait super,*
  - *Allez encore un petit effort*
  - *Soyez sympa*
  - *Oh le truc de ouf*

- *Là, c'est O !*

- *Et voilà !*
Un langage structuré et le H s'exprime. Un langage plus familier et c'est le O qui domine.

- *Vous me disiez le langage mais vous disiez aussi « voire plus ». De quoi s'agit-il ?*

- Que tout est H et O !
Si je veux apparaître H, je m'habille avec un costume si je suis un homme et en tailleur si je suis une femme. Ma coiffure est parfaitement structurée. Une raie sur le côté pour un homme et les cheveux tirés ou en chignon pour une femme. Les chaussures sont propres et vernies. La chemise ou le chemisier sont blancs. Pour les hommes le costume est sombre : Noir, gris anthracite ou bleu nuit. La chemise a des manches longues toute l'année et je garde ma veste quoi qu'il arrive, y compris pour manger.
Si je suis mal coiffé ou si j'ai les cheveux défaits ou en pétard comme si je sortais de mon lit, on ne me prendra pas pour un chef. Si je porte des vêtements colorés, orange ou vert, avec des motifs et qu'en plus je suis en baskets, je ne peux être qu'un « artiste », quelqu'un de sympathique sûrement mais en aucune façon une autorité marquante ou qui a une responsabilité importante.

- Mais c'est peut-être faux ?

*- Bien sûr ! Mais ainsi est la lecture du monde pour nous, les occidentaux.
Le sérieux, le pouvoir pour la structure et le H, la sympathie, la bienveillance pour la liberté et le O.*

- Et il y aurait d'autres exemples tout aussi significatifs de ce monde H_2O ?

- Des exemples, il n'y a que ça ; Puisque tu le demandes, je vais t'en donner quelques illustrations faciles à comprendre.

Dans un monde liquide

L'homme s'était resservi une boisson pendant qu'il l'observait. Il essayait de savoir où il avait vu ce visage. Il avait l'impression de l'avoir déjà vu quelque part mais il n'arrivait pas à mettre un nom dessus.
L'homme reprit la parole.

- L'un des exemples les plus nets entre H et O semble lié à la météorologie.

- A la météorologie ?

- Et oui ? La fracture NORD/SUD, c'est H et O. Au nord, le côté industriel, les structures établies, les élites et les meilleures écoles.
Au nord la richesse et la puissance de l'argent et de la technique, au sud la pauvreté et la débrouillardise.

Au sud la richesse intérieure et la force de l'amour et de la croyance.

- Quel lien avec la météo ?

- Au nord, c'est plus de pluie, ou plus de froid. C'est comme si nos attitudes étaient des attitudes de protection dans une nature hostile. Quand il fait froid, ou qu'il pleut, on sert plus fort son manteau sur soi, on ne traîne pas dans les rues à communiquer. On travaille pour avoir chaud.
Au sud, il y a plus de soleil. On a moins besoin de vêtements structurés, les fenêtres sont grandes ouvertes et il n'y a pas besoin d'invitation pour parler avec son voisin.
Il est d'ailleurs symptomatique de constater que les peuples du nord (plus H) ont tendance à juger les peuples du sud (plus O) comme étant dilettantes et non travailleurs.
D'ailleurs, la notion de H et de O évolue selon l'endroit où l'on se trouve. Pour les Anglais, tous les Français sont O. C'est ce qu'on appelle notre côté latin. Mais pour les Africains, les Français sont H.

*Il suffit qu'un H qui voyage dans le sud voit une personne assise sur une chaise, à l'ombre pour qu'il la catalogue comme étant forcément O. Donc quelqu'un qui n'est pas digne de confiance et qui ne fait pas spécialement du « bon » travail. Si en plus ce « H », regardant les volets de la maison, constate que la peinture est écaillée (à cause du soleil) et que le jardin est rocailleux (pas de pelouse à cause de la chaleur) son idée est faite et son jugement est sans appel.
C'est pour cela que je disais que la météorologie classait les gens en H ou O.*

- C'est vrai que c'est assez troublant et qu'en y réfléchissant bien, on peut dire que c'est une situation qu'on retrouve également entre l'Italie du nord et l'Italie du sud. Avec au nord un pays plus industrieux, plus H et au sud un pays plus « nature », plus O. Comme si H et O était culture et nature. Ce qu'on apprend et ce qu'on est.

Mais on peut aller encore plus loin dans cette dualité. Comment appelait-on les chevaliers qui allaient faire croisade ?

- Les croisés ?

- Et pourquoi s'appelaient-ils les croisés ?

- A cause du Christ sur la croix !

Et leurs ennemis, ceux qu'ils combattaient, comment étaient-ils ?
- Ils étaient tout, sauf croisés.

- Comment ça ?

- Alors que les croisés étaient en armure, mangeaient à table avec des couverts et combattaient avec des épées bien droites, leurs ennemis étaient habillés de vêtements amples, (à cause de la chaleur), mangeaient avec leurs mains, assis par terre, et combattaient avec des armes courbes.

- Vous voulez dire que les croisades, c'était le combat de la droite contre la courbe ?

- En tous les cas, c'était l'opposition de la croix contre le croissant. Et même aujourd'hui, parfois, les relents de cette guerre sont toujours là.

- Comment ça ?

- Il suffit qu'un électricien pose un interrupteur un peu de travers chez un client pour qu'il s'entende dire qu'il fait un travail « d'arabe ».

- Mais c'est terrible d'opposer le H au O alors qu'on a vu, avec l'eau, que c'est un principe vital.

- Eh oui ! Et seuls ceux qui l'ont compris deviennent des maîtres du monde.
Certains sont d'ailleurs devenus des maîtres du monde en mettant en scène cette dualité au cinéma.
Tu veux des exemples ?

- Oui !

- Au cinéma par exemple, qu'est-ce que STAR WARS, sinon le combat du H contre

le O. Le combat des robots contre des peluches. Le combat des armes laser contre une force impalpable.
Le film « La grande vadrouille » avec Louis DE FUNES en H et BOURVIL en O. « Le dîner de cons » avec Le patron (H) Thierry LHERMITTE et Pignon (O) Jacques VILLERET.
Et en bande dessinée aussi, avec Astérix (H) et Obélix (O) ou Cubitus (O) et Sénéchal (H).
Et les clowns au cirque sont sans doute le plus merveilleux exemple de cette symbolique H et O
Entre le CLOWN BLANC qui est bicolore, porte un chapeau pointu, a des chaussures à sa taille et joue de la musique avec une trompette en lisant une partition et son compère l'AUGUSTE, hirsute avec ses cheveux orange, ses vêtements multicolores bien trop grands pour lui, qui fait de la musique avec ce qu'il trouve, le H et le O sont parfaitement codifiés.

- C'est curieux mais en y réfléchissant, c'est comme si on opposait un côté enfant, une sorte de naïveté à la logique froide de l'adulte.

- Mais c'est exactement cela.
Le H symbolise le parent que nous sommes devenu et le O l'enfant qui est toujours en nous.

- C'est pour cela qu'opposer l'un à l'autre n'a pas de sens car si on supprime l'enfant, on supprime l'adulte.

- C'est cela la leçon à garder à l'esprit. De l'enfant naît l'adulte. De l'adulte dépend l'avenir de l'enfant.
De la solidité de la rive dépend la tenue du fleuve. De la quantité et de la qualité de l'eau dépend la terre des berges.

- Donc tout pourrait se codifier ainsi ?

- En tous les cas beaucoup de choses peuvent l'être.
Je vais te questionner et tu vas t'en rendre compte.
Si je te demande de me décrire une maison H, comment sera–t-elle ?

- Elle sera rectangulaire, avec des ardoises. Les matériaux utilisés seront le verre, l'aluminium et le PVC. Au sol il y aura du marbre ou du carrelage et elle sera parfaitement rangée.

- C'est bien. D'ailleurs on dirait la description de notre hôpital de tout à l'heure. Et notre maison O ?

- Elle aura du bois partout et son toit sera recouvert de tuiles ou de chaume. Au sol, il y aura du parquet et des différences de niveaux. Les pièces seront plutôt séparées par des clostrats et il y aura de nombreuses plantes vertes. En plus, s'il y a un chien, ce sera un bâtard.

- Ça ne sera pas très fonctionnel.

- Non. Mais il y fera bon vivre.
Donc si le H c'est le fonctionnel, le O c'est l'émotionnel et la créativité. Est-ce que j'ai raison ?

- Tu as tout à fait raison et on peut en tirer quelques lois.
Quel que soit le domaine, lorsqu'il s'agit de faire fonctionnel ou de montrer qu'il y a une forme de rationalité, on utilisera des droites et des angles, donc le H.
S'il s'agit de donner une impression de douceur, de créer des émotions, on utilisera le O.

- C'est vrai que les grandes villes, avec leurs avenues et leurs tours dégagent une vraie dimension H alors que la campagne avec ses chemins plus sinueux et ses maisons toutes différentes donne une impression de O.
D'ailleurs, les personnes qui habitent dans les grandes villes disent vouloir habiter à la campagne. Elles disent que cela les ressourcerait.

- Elles expriment une demande de retour à un monde plus doux, où le rythme est plus lent. Elles expriment un retour vers l'enfance. Une sorte de repos du guerrier.
C'est bien la preuve que le monde a besoin des deux pour vivre en équilibre.

- J'ai l'impression d'avoir bien compris la dualité H et O mais quelque chose me chiffonne pour le lien avec l'eau.

- Demande moi et je te répondrai, si c'est possible.

- La formule chimique de l'eau, c'est H_2O n'est-ce pas. Ce qui signifie qu'il y a deux H pour un O. Donc l'équilibre n'est pas vraiment réel. Est-ce que je me trompe ?

- C'est une excellente question et tu me donnes l'occasion de te dévoiler la suite de «LA REVELATION».

Le triangle magique

Il attendait la suite avec fébrilité. Tout ce qu'il avait découvert avec cet homme éclairait le chemin qu'il avait parcouru d'une lumière nouvelle. Les exemples auxquels il pensait étaient tous empreints de H et de O.
Il se souvenait de certains de ses professeurs d'école qui enseignaient uniquement dans une posture H. Ils faisaient sans cesse référence à l'heure, ils ne toléraient pas le moindre écart et la tension, dans leurs cours était palpable. Il se souvenait également d'autres enseignants plus ouverts, dans une posture O, qui enseignaient comme dans le film « le cercle des poètes disparus ».

Le cours était très ouvert et l'ambiance excellente. Le seul problème, qui était tout de même de taille, c'était qu'au moment de l'examen final, de nombreuses parties du cours n'avaient pas été abordées et que la note ne fut pas au niveau de l'ambiance de l'enseignement. Ce qui ne fut pas le cas pour les cours plus H qui correspondaient complètement au programme et à ce qui était demandé lors de l'examen final.

Il se rendait compte qu'il ne fallait pas jeter le H aux orties parce qu'il était source de pression, pour basculer dans le O parce qu'il était source de créativité et de plaisir. Et il percevait maintenant que l'inverse était également vrai.

Cette notion d'équilibre lui plaisait bien. Surtout qu'elle avait été complétée avec cette notion de mouvement, du lac vers le fleuve. Ainsi la grande leçon était qu'il fallait trouver un équilibre dans le déséquilibre qu'est la vie. Quand on avance, forcément on est en déséquilibre. Mais pour ne pas tomber, il faut trouver une forme de stabilité avec H et O.

Il en était là de ses réflexions quand l'homme reprit la parole.

- Es tu prêt pour le triangle magique ?

- Le triangle magique ?

- Exactement.
Pour que tu comprennes mieux je vais te donner un exemple.
Quand les êtres humains veulent fonder un couple, ils appliquent ce triangle, souvent à leur insu.
Quand un constructeur automobile veut réussir, il applique également ce triangle.
A la pointe du triangle se trouve le produit.
Pour être choisi par une femme, pour un homme, ou l'inverse pour une femme, il faut avoir des qualités » techniques » en tant que « produit ».
Etre beau, ou mince ou grand, ce sont des qualités techniques. Il suffit parfois d'être simplement beau pour avoir un conjoint.
C'est pareil pour la voiture. Une belle voiture trouvera toujours un acheteur, simplement parce qu'elle est belle et qu'elle « dégage » quelque chose d'unique techniquement.

Et là, il n'y a même pas besoin d'avoir un vendeur pour la vendre. Une simple exposition suffit.

- Et si on n'a pas cette beauté, comment fait-on ?

- Si on n'est pas beau, dans une relation de couple, on a intérêt à être sympa. C'est à dire qu'on est gentil, avenant, qu'on a de l'humour, qu'on rend service.
N'as-tu jamais remarqué que de nombreux comiques ont un physique « décalé » ?

- Oui c'est vrai qu'en y réfléchissant c'est souvent le cas.

- Et pour le véhicule automobile, c'est la même chose. Plus le véhicule est quelconque, plus il faut des vendeurs de qualité, capables de « compenser » en offrant plus de service et un accueil hors pair.

- Et si on n'est pas beau et qu'on n'est pas sympa, c'est cuit ?

Si on a une voiture quelconque et des vendeurs moyens, on ne peut pas trouver de client ?

- Si, on peut ! Mais dans ce cas il faut être riche !

- Riche ?

- Oui, la dimension argent ! Pour des raisons qui leurs sont propres, certains clients achètent un véhicule parce qu'il est moins cher, tout simplement. Si la beauté, voire les fonctionnalités du véhicule sont très relatives et le service inexistant, le prix devient le facteur prépondérant. Et ça, pour eux, c'est le facteur le plus important.

- Et pour le couple c'est vrai aussi ?

- Malheureusement oui! Certains choisissent ou restent avec leurs conjoints alors qu'il n'y a plus ni beauté ni affinités affectives. Mais il y a l'argent. Et cela suffit parfois comme motivation à rester.

- Et si on a les trois ? Beau, riche et sympa !

- Alors cela devient magique. C'est pour cela qu'on appelle cette trinité le triangle magique. Maintenant, si nous revenons à notre H et notre O, que constatons-nous ? Le Produit, H ou O ?

- C'est technique donc c'est H.

- L'argent ?

- La dimension financière je mettrais cela également dans le H.

- Et le service et la dimension affective ?

- Là c'est plutôt du O.

- Deux H pour un O, nous avons notre molécule H_2O.

- Donc c'est en équilibre avec un tiers pour chaque partie ?

- On pourrait le penser mais la réalité nous montre que l'équilibre se fait lorsque la dimension O compense les dimensions cumulées de la technique et de l'argent.

- Donc la dimension O est plus importante que la technique seule ou l'argent seul ?

- Exactement.
Et c'est pourquoi les couples se font ou se défont essentiellement sur la dimension affective et que les entreprises mettent en place de véritables services pour séduire leurs clients.
Une vraie dimension affective compense souvent les écarts de prix et les quelques « différents » techniques qui peuvent exister sur les produits vendus.
Mais je suis sûr que tu connaissais déjà ce triangle.

- Non, je ne crois pas !

- Bien sûr que si.
Si je te dis qu'il est difficile d'avoir le beurre, l'argent du beurre et…

- ...Le sourire de la crémière ?

- Tu vois que tu le connaissais.
Le beurre, c'est le produit, l'argent du beurre, c'est la partie financière et le sourire de la crémière, c'est le service.
Tu connaissais H_2O depuis toujours.

Il n'en revenait pas.
L'homme venait de lui montrer qu'il avait sous les yeux, et depuis toujours, une clé pour ouvrir le monde des réussites.

Il se rendait compte que c'était une clé marketing de première catégorie. Il comprenait, grâce à elle, que les vendeurs étaient là pour augmenter la dimension « PRODUIT » en présentant au mieux les fonctionnalités de ce qu'ils vendaient mais aussi compensaient par le service les défauts techniques ou les prix trop élevés.

Il comprenait tout à coup que pour créer une entreprise qui aie toutes les chances de succès, il fallait s'attacher à fournir un produit de qualité, donc avoir une direction TECHNIQUE qui tienne la route, un prix étudié donc une direction FINANCIERE à la hauteur et une direction « SERVICES » pour les parties humaines, commerciales et communication.

Il pensait à toutes les entreprises qui avaient été créées par sa famille. Il se rendait compte que toutes s'attachaient à respecter le triangle magique et la logique H_2O.

Il comprenait d'un coup pourquoi certaines entreprises avaient disparu pour avoir négligé de respecter ces principes de base.

- D'excellents produits, mais une politique tarifaire incohérente avec une force de vente défaillante et c'est la chute.
- Des produits peu fiables, même vendus peu chers avec des vendeurs de talent et c'est quand même l'échec.
- De bons produits avec un prix bien placé, mais avec un service déplorable et là encore c'est la déconfiture.

Il se souvenait d'un restaurant qui était exactement dans ce cas et qui avait dû fermer malgré la qualité de ses produits et les prix pratiqués.

Il était « soufflé » de ne pas avoir vu plus tôt l'évidence de ces liens. Mais il commençait aussi à sentir grandir l'envie de créer quelque chose qui respecte ces principes pour vérifier leur efficience.

Il avait envie de se confronter au terrain. Il avait envie de se confronter à la vie et de réussir quelque chose. Il se sentait investi d'une mission, même si elle n'était pas complètement claire dans son esprit. Il avait envie de passer à l'action. Il se sentait prêt.

- Je vois sur ton visage que tu as compris beaucoup de choses aujourd'hui.

- C'est vrai et c'est incroyable. J'ai découvert quelque chose que je n'imaginais pas.

- Découvert c'est le bon mot.
Car cela existait autour de toi. Tu l'as simplement découvert. Tu n'as rien inventé. Tu as découvert des principes qui existent depuis toujours. Il suffisait de penser à l'eau, à ce qu'elle est et comment elle agit pour que les portes de la réussite puissent s'ouvrir. Car «LA REVELATION» c'est cela aussi. Tu es constitué à 80% d'eau donc tout était autour de toi mais aussi en toi. Le secret des maîtres du monde, c'est qu'ils ont su exprimer ce qui était en eux, en respectant les principes fondamentaux de la nature.

- Je comprends ce que vous dites. En fait, nous sommes tous des maîtres du monde mais nous ne le savons pas.

- Exactement ! Et quand nous accédons à ce savoir, nous ne le devenons vraiment

que si nous agissons. Nous devenons un maître du monde quand nous passons du lac au fleuve, du potentiel à la réalisation.

Nous devenons des maîtres du monde quand nous modifions l'environnement et que nous l'enrichissons par notre présence.

D'ailleurs les maîtres du monde sont innombrables quand on regarde bien.

Je te propose quelques exemples phares qui seront autant de pistes pour toi dans l'avenir.

On y va ?

Les maîtres du monde

Il était abasourdi par tout ce qu'il avait appris. «LA REVELATION» allait au-delà de tout ce qu'il pensait. Quand l'homme lui avait parlé du triangle magique et du management, tout était devenu lumineux et il s'était remémoré immédiatement la communication des coachs de sport qu'il avait eus. Parfois, l'un d'entre eux lui parlait exclusivement de technique, de méthode, de placement et de stratégie par rapport au match ou à l'adversaire. Il se rendait maintenant compte qu'il était centré exclusivement sur le « H produit ». Parfois, ses coachs s'exprimaient uniquement en termes de résultats qu'il fallait atteindre ou de coupe qu'il fallait gagner. Ils étaient centrés sur le « H argent ».

Et d'autres encore ne parlaient que de plaisir à prendre et de plaisir à donner à ceux qui venaient regarder. Ils étaient centrés sur le « O relation ». Et il se rendait compte qu'aucun des discours ne marchait vraiment quand il était seul.

Maintenant il savait que c'était le mélange et le dosage des trois dimensions qui faisaient la réussite des grands coachs. Il comprenait pourquoi des gens détendus allaient plus haut ou couraient plus vite. Il venait de se rendre compte que pour aller plus haut, il fallait de la détente et que le H seul, source de tension, ne le permettait pas. Il percevait aussi que le O seul, sans la rigueur d'un entraînement de qualité et la volonté d'atteindre un but, n'était pas plus efficace.

Il se mettait à penser à ces grands musiciens, comme Mozart ou Beethoven, ces grands peintres, comme Léonard de Vinci ou Van Gogh qui ne seraient rien s'ils n'avaient pas laissé de traces, de preuves de leur créativité et de leur talent. Ce sont les notes sur les partitions et les traits sur la toile qui ont permis de reproduire les œuvres créatrices. C'est cette capacité à utiliser le H et le O qui a fait de ces musiciens et de ces peintres des maîtres du monde.

L'homme continua.

- Tu as bien saisi l'utilisation de H_2O dans le management et la vente mais il est encore possible d'aller plus loin.
On peut parler de croyances, de religion, de sectes et le principe s'applique parfaitement. Une croyance, donc du O, doit, si elle veut durer à travers les siècles, s'appuyer sur des bases techniques, donc du H.

- Là aussi, c'est H et O ?

- Bien sûr.
Prenons l'Astrologie qui est une croyance comme une autre. Elle s'adresse essentiellement à ton hémisphère droit, ton côté O. Mais pour que tu y croies, il est important qu'elle s'appuie sur une dimension technique avérée. Pour l'astrologie, c'est la position des planètes avec des chiffres et des calculs. D'ailleurs, c'est intéressant de voir que les personnes lisent leur horoscope

qui forcément varie selon les décans, le signe mais aussi l'ascendant. Ainsi, en combinant scientifiquement les données, il y a, sur la durée, forcément quelque chose qui apparaîtra comme vrai.

- Mais ce n'est pas vrai !

- Si ! C'est vrai pour celui qui a envie que ce soit vrai. C'est cela la force de l'hémisphère droit.
C'est cela la force du O. Rien ne peut empêcher un enfant de penser qu'il va devenir un footballeur célèbre.
Rien ne peut empêcher quelqu'un de penser qu'il va faire la rencontre de sa vie dans la journée, s'il a envie de rencontrer quelqu'un. Et si en plus cette rencontre est prévue par une technique ou une science avérée, cela devient une preuve irréfutable.

- Et cela joue pour toute forme de croyances ?

- Pour la plupart, bien sûr.
Telle ou telle religion a besoin d'appuyer sa croyance et ses pratiques sur une histoire prouvée par des livres très anciens, voire des reliques certifiées qui valident ladite croyance.
Les rites doivent être également codifiés pour que la croyance prenne consistance. Il faut des bâtiments, des vêtements, un « process » (voire des processions), des

grades, des codes pour que chaque religion existe. Le O existe car le H apporte la preuve de son existence. Il faut qu'il y ait des miracles, donc des preuves pour que la croyance persiste.

- Finalement, ce n'est pas différent pour les OVNI et toutes les croyances en général.

- D'ailleurs, cela marche aussi en entreprise. Une entreprise où les gens croient en quelque chose fonctionne mieux qu'une entreprise où les gens ne croient en rien. Donner un sens et forger un rêve est une grande qualité managériale car elle est du domaine du O. Mais pour que ce rêve persiste, il faut lui donner du corps en y ajoutant une dimension H. Beaucoup d'entreprises, à travers le temps ont fonctionné uniquement sur le domaine du H. Tout n'était que rigueur et tension.
Aujourd'hui, et surtout demain, celles qui sauront allier les deux dimensions seront les grandes gagnantes.

- Y a-t-il des exemples d'entreprises qui vont dans ce sens.

- Oui, certaines entreprises de la grande distribution ont compris ce principe.
Contrairement à de nombreuses autres chaînes de meubles, ou tout est allées, rayons et étagères (donc du H), une chaîne comme IKEA vend un concept de vie (donc du O). En faisant cela, elle stimule la créativité des clients et leurs achats sont plus importants. Dans le même ordre d'idée, le fait de proposer qu'une fois dans l'année le chiffre d'affaires de la journée soit versé aux salariés montre une dimension humaine peu banale.

- Donc dans les affaires, le principe c'est d'offrir une dimension O face au client.
Mais il faut aussi une dimension H.

- Bien entendu.
La dimension H se retrouvera dans la qualité des produits et la capacité des gestionnaires à rendre le magasin rentable.
Toutes les grandes chaînes et les grandes entreprises qui réussissent à travers le monde répondent à cette dualité.
Le O face au client et le H en interne.

A ton avis, Pourquoi un enfant veut-il devenir Zidane ?

- Parce que c'est un joueur connu.

*- Non ! Il veut devenir Zidane parce que Zidane le fait rêver. Parce ce que ce qu'il fait avec un ballon apporte une bouffée d'oxygène (du O) dans un monde gris.
Mais cet enfant ne pense pas nécessairement à ces années de travail pour y parvenir, à ces litres de sueur que Zidane a versés pour atteindre un tel niveau de facilité. Le H ne fait pas rêver. Seul le O le peut.*

- Donc pour devenir grand il faut être H et O. Et plutôt le O vers l'extérieur.

*- Exactement ! C'est comme dans la nature avec les animaux.
Si on met le H à l'extérieur et le O à l'intérieur, on se retrouve avec des insectes et des crustacés.*

Si on met le H à l'intérieur et le O à l'extérieur, on se retrouve avec les poissons, les oiseaux et les mammifères.
Qu'est ce qui est plus grand ? Les animaux avec le H à l'extérieur, (les cuirassés) ou ceux avec le H à l'intérieur (les vertébrés) ?

- Ceux avec le H à l'intérieur.

- Donc en développement d'entreprise, qu'est ce que cela signifie ?

- Que si l'on veut grandir il faut mettre le O à l'extérieur mais qu'il ne faut pas oublier d'avoir du H interne.

- Et en communication interpersonnelle ?

- Qu'il faut rester accessible vis-à-vis des autres et de l'environnement mais qu'il est important d'avoir des valeurs pour se tenir droit.

- Tu as parfaitement compris «LA REVELATION».
Je pense qu'il est temps maintenant pour toi de passer à l'action. Tu as vingt ans et toute la vie devant toi pour devenir un maître du

monde mais plus tôt tu commenceras, plus tôt tu seras.
Je t'ai appris ce que j'avais à t'apprendre.
As-tu un dernier point qui te semble peu clair ?

Il se demandait s'il allait oser lui demander. Puis il se dit que s'il ne le faisait pas, il le regretterait toute sa vie.

- Avant que je parte, j'aimerais savoir qui vous êtes exactement et si nous nous reverrons ?

- Pour répondre à ta question j'aimerais te rappeler le mythe de Narcisse qui regardait son image dans le lac. Sais-tu ce qu'il y voyait ?

- Il voyait son image et il se trouvait beau.

- C'est cela. Mais sais-tu ce que faisait le lac ?

- Non.

- Il se voyait dans les yeux de Narcisse et il se trouvait beau. Tu es ce lac qui va devenir *fleuve. Le cycle de l'eau est immuable depuis la nuit des temps. Nous sommes tous les deux de l'eau à un moment du cycle. Tu es moi et je suis toi. Regarde en toi et tu verras que nous n'avons jamais cessé de nous croiser.*

La sortie

Il se redressa brusquement comme sous l'effet d'un ressort. Il regarda sa montre et se figea brusquement. Les chiffres étaient rouge fluo, comme ceux de son réveil dans sa chambre.
Son réveil dans sa chambre. Etait-ce possible qu'il regardait son réveil dans sa chambre ?
Le réveil marquait 7H 00 du matin. Mais de quel jour ?
Avait-il rêvé tout cela ?
Est-ce que cette rencontre, cet apprentissage n'avaient pas eu lieu ?
Il regardait autour de lui.
Il était bien dans sa chambre et tout était en place comme avant.
A l'exception de la bouteille d'eau et des deux verres posés sur sa table de travail.

Ces deux verres n'étaient pas là la veille au soir, il en était sûr.
Il y avait bien eu un contact avec quelqu'un.
Il descendit dans la cuisine pour prendre son petit déjeuner et le téléphone sonna. Il décrocha à la troisième sonnerie. C'était sa mère qui s'inquiétait car il n'avait pas donné de nouvelles pour son anniversaire. Tout le monde avait appelé toute la journée mais il n'avait pas répondu.
Elle lui demanda s'il allait bien.
Il répondit que oui. Qu'il avait passé la journée avec quelqu'un de très intéressant mais qu'il ne voulait pas en parler maintenant.
Elle lui demanda s'il avait une «REVELATION» à lui faire.
Il lui dit que non.

Il sourit. Après tout, un futur maître du monde n'est pas obligé de tout dire à sa mère.

Epilogue

Il a créé de nombreuses entreprises et toutes ont connu et connaissent encore le succès.

Il a veillé à rester toujours accessible et à l'écoute des personnes qui souhaitaient le rencontrer.

Il a ressourcé tous ceux qui le lui ont demandé et certains buvaient ses paroles comme s'il était le messie.

Il a enrichi et encouragé les autres par ses attitudes et ses actes.

Il a toujours veillé à avoir des valeurs et des principes de vie qui lui ont permis de se tenir debout, quelle que soit l'adversité.

Il est marié et il a des enfants.

Quand ils auront vingt ans, comme lui, il sait qu'ils auront «LA REVELATION».

TESTEZ-VOUS H₂O

THEMES	H ou O
1) Noir	
2) Jaune	
3) Le chirurgien	
4) L'aide-soignante	
5) La négociation	
6) La qualité	
7) La hiérarchie	
8) Le rêve	
9) La suggestion	
dix) Le dessin	
11) Le plan	
12) La vitesse	
13) La croyance	
14) La production	
15) Le comptable	
16) L'écoute	
17) Le chignon	
18) La création	
19) Le bois	
20) Le diplôme	

Réponses : mettre une glace pour lire.

H : 1-3-6-7-11-12-14-15-17-20

O : 2-4-5-8-9-10-13-16-18-19

Les citations

Le profil H boit de l'eau,
Le profil O fume du hasch.

La préparation d'un entretien, c'est forcément H.
La preuve ?
Il y a une crème qui s'appelle préparation H !

La différence entre un enfant et un adulte,
C'est le prix de ses jouets.

Le jour où l'on a tout compris, on est mort.

Ce ne sont pas les perles qui font le collier
C'est le fil.

Si tous les fleuves vont à la mer,
c'est parce qu'elle a eu la sagesse de se mettre plus bas qu'eux

Pour aller plus haut, il faut une vraie détente.

Une tête pleine de rêve fait plus avancer
qu'un ventre plein de soupe.

Pour assurer de bonnes rentrées,
le plus simple, c'est de sortir.

Quand on vous dit : « tu n'as pas changé »
Ce n'est pas un compliment dans un monde qui bouge.

L'auteur

Daniel CISSE a créé et dirige depuis 30 ans BUSINESS TRAINING une société de conseil et de formation aux techniques commerciales et managériales.
Il intervient auprès de PME et de grandes entreprises lors de conférences et de séminaires à thème.

L'illustrateur

Ivan Clerc Renaud marie avec bonheur son expertise des réseaux commerciaux et son goût pour le dessin.
Par ses idées et son œil critique, il participe à une vision plus humaniste des rapports dans l'entreprise.

Les autres publications de Daniel CISSE
« La Fureur de vendre »	1991
« La Fureur de vendre 2 »	1994
« Georges Louseur contre Bob Winner»	1998
« 20 conseils + 9… »	1999
« Le management du PERE NOEL »	2005
« Kaizen vous avez dit Kaizen »	2009
« Devenez « Négoïstes »	2012
« Devenez « Motivendeurs »	2013
« Le tour de la vente en 80 leçons »	2016

Imprimé pour le compte de
BUSINESS TRAINING
7, rue de L'Indre
44 000 Nantes

© 2016, Daniel Cissé et Ivan Clerc Renaud

Edition : BoD - Books on Demand
12/14 rond-point des Champs Elysées, 75008 Paris
Impression : Books on Demand GmbH, Norderstedt, Allemagne
ISBN : 9782322132324
Dépôt légal : Décembre 2016